D1105970

SESAME STREET

Elmo fait atchoum!

Presses Aventure

© 2007 Sesame Workshop

Tous droits réservés aux niveaux international et panaméricain, selon la convention sur les droits d'auteurs aux États-Unis, par Random House, Inc., New York et, simultanément au Canada, par Random House of Canada Limited, Toronto, concurremment avec Sesame Workshop. Sesame Street, Sesame Workshop et leurs logos sont des marques de commerce et de service de Sesame Workshop.

Paru sous le titre original : *Elmo says achoo!*

Publié par **PRESSES AVENTURE**, une division de
LES PUBLICATIONS MODUS VIVENDI INC.
55, rue Jean-Talon Ouest, 2e étage
Montréal (Québec)
Canada H2R 2W8

Dépôt légal - Bibliothèque et Archives nationales du Québec, 2007
Dépôt légal - Bibliothèque et Archives Canada, 2007

Traduit de l'anglais par : Germaine Adolphe

ISBN-13 : 978-2-89543-737-6

Tous droits réservés. Imprimé au Canada. Aucune section de cet ouvrage ne peut être reproduite, mémorisée dans un système central ou transmise de quelque manière que ce soit ou par quelque procédé électronique, mécanique, photocopie, enregistrement ou autre, sans l'autorisation écrite de l'éditeur.

Nous reconnaissons l'aide financière du gouvernement du Canada par l'entremise du Programme d'aide au développement de l'industrie de l'édition (PADIÉ) pour nos activités d'édition.

Gouvernement du Québec — Programme de crédit d'impôt pour l'édition de livres — Gestion SODEC

Elmo fait atchoum!

par Sarah Albee
illustré par Tom Brannon

Elmo a un cadeau !

Qu'est-ce que c'est ?

Personne ne le sait.

Elmo va chez Oscar.

Le cadeau lui

chatouille le nez.

« Atchoum ! » Elmo éternue.
Tous les vêtements
s’envolent !

Bert empile des boîtes.
Il fait une pile droite
et haute.

« Atchoum ! » Elmo éternue.

Toutes les boîtes s'écroulent !

Elmo voit une personne assise dans le fauteuil du coiffeur.

« Atchoum ! » Elmo éternue.

Tous les cheveux tombent !

«Regarde notre nouveau mur!» disent les joyeux monstres.

« Atchoum ! » Elmo éternue.

Tout le mur s'écrase !

OSCAR

La parade arrive !

Le cirque est en ville.

« Atchoum ! » Elmo éternue.

Tous les clowns dégringolent !

Elmo donne le cadeau
à Oscar le grincheux.

«Une plante puante !
dit Oscar, comme elle
sent bon !»

Oscar sort son mouchoir.

Que fait-il ensuite ?

Oscar fait un sourire bougon.

Puis il fait…

« ATCHOUM ! »